16 Février 1907

VENTE
du Samedi 16 Février 1907

HOTEL DROUOT

Salle N° 7

à deux heures

Margné P

TABLEAUX

MODERNES

AQUARELLES - PASTELS

DESSINS

LITHOGRAPHIES - EAUX-FORTES

SCULPTURES

Commissaire-Priseur

Me LAIR-DUBREUIL

Expert

M. E. DRUET

CATALOGUE

DES

TABLEAUX MODERNES

Aquarelles, Pastels, Dessins

LITHOGRAPHIES, EAUX-FORTES, SCULPTURES

PAR

ANQUETIN, CAMOIN, CARRIÈRE, CÉZANNE, COUSTURIER (Mᵒ)
DENIS (MAURICE), DONGEN, FORAIN (J.-L.),
GAUGUIN, GUYS, VAN GOGH, GUILLAUMIN, HUARD, IBELS,
LACOSTE, LUCE (MAX.) MAILLOL, MANET,
MONTICELLI, MORET, RAFFAELLI, ROUSSEAU (J. J.)
ROUSSEL (KX), SIGNAC, WILETTE, ETC.

SANGUINE importante de RENOIR

DEUX SCULPTURES DE RODIN

Dont la Vente aux enchères publiques aura lieu

HOTEL DROUOT, SALLE N° 7

LE SAMEDI 16 FÉVRIER 1907

à deux heures

COMMISSAIRE-PRISEUR	EXPERT
Mᵉ LAIR-DUBREUIL	M. E. DRUET
6, rue Favart, 6	114, Faubourg St-Honoré, 114

EXPOSITION PUBLIQUE

Le Vendredi 15 Février 1907, de 1 h. ½ à 5 h ½

CONDITIONS DE LA VENTE

Elle sera faite au comptant.

Les adjudicataires paieront *dix pour cent* en sus des enchères.

L'Exposition mettant le public à même de se rendre compte de l'état et de la nature des objets, aucune réclamation ne sera admise une fois l'adjudication prononcée.

Imp. A. LAINE, 10, Rue de la Goutte-d'Or, Paris.

SANGUINE DE RENOIR

DÉSIGNATION

TABLEAUX

ANQUETIN

1 — Le Carrier

Signé à gauche

Toile. Haut., 1 m.; larg. 80. cent.

BOGGS (FRANCK)

2 — Marine

Signé à gauche

Toile. Haut., 24 cent.; larg., 40 cent.

CAMOIN (CHARLES)

3 — La Japonaise

Signé à droite

Toile. Haut., 74 cent.; large., 61 cent.

CARRIÈRE (EUGÈNE)

4 — 'Portrait de femme décolletée

Signé à droite

Toile. Haut., 46 cent.; larg., 38 cent.

CASTELHUCHO

5 — Bohémienne

Signé à gauche

Toile. Haut., 83 cent ; larg. 60 cent.

CÉZANNE (PAUL)

6 — Baigneur

Toile. Haut., 26 cent.; larg. 15 cent.

CHANALEILLES

7 *Nu de dos*
>> Signé à droite.
>>> Toile. Haut., 24 cent.; larg., 15 cent.

CHEVALLIER

8 — *Route sous bois.*
>> Signé à droite.
>>> Panneau. Haut., 27 cent.; larg. 35 cent.

COUSTURIER (Lucie Mᵉ)

100

9 — *Nature morte, tulipes.*
>> Signé à gauche.
>>> Toile. Haut., 49 cent.; larg., 65 cent.

10 — *Nature morte, chrysanthèmes.*
>> Signé à gauche.
>>> Toile. Haut., 62 cent.; larg. 47 cent.

11 — *Fleurs des champs.*
>> Signé à droite
>>> Toile. Haut., 46 cent.; larg., 57 cent.

12 — *Bois de Boulogne.*
>> Signé à gauche.
>>> Toile. Haut., 46 cent.; larg., 56 cent.

DENIS (Maurice)

620

13 — *Etude de nu*
>> Signé à droite.
>>> Toile. Haut., 55 cent.; larg., 38 cent.

600

14 — *Etude de nu.*
>> Signé à gauche.
>>> Toile. Haut., 62 cent.; larg., 45 cent.

DONGEN KEES (Van)

15 — *Rue de Paris.*
>> Signé à gauche.
>>> Toile. Haut., 47 cent.; larg. 55 cent.

16 — *Intérieur.*
>> Signé à droite.
>>> Toile. Haut., 46 cent,: larg., 37 cent.

17 — *Au Concert.*
>> Signé à droite.
>>> Toile. Haut. 40 cent.; larg. 26 cent.

18 — *Rue de Paris.*
>> Signé à gauche.
>>> Toile. Haut , 40 cent.: larg. 58 cent.

19 — *Hollande.*
>> Signé à gauche.
>>> Carton. Haut., 28 cent.: larg. 38 cent.

20 — *A la fenêtre.*
>> Signé à droite.
>>> Carton. Haut., 38 cent.: larg. 28 cent,

21 — *De Schie* (Hollande)
>> Signé à droite.
>>> Carton. Haut., 26 cent.; larg. 33 cent.

DUHEM (Henri)

22 — *Jardin à Douai.*
>> Signé à gauche.
>>> Toile. Haut., 71 cent ; larg., 54 cent.

23 — *Fantin Latour.*
>> Copie Titien. Signé à gauche.
>>> Toile. Haut., 26 cent.; larg , 26 cent.

FAUCHÉ (L.)

24 — *Nature morte*

Signé à droite.

Panneau. Haut., 27 cent.; larg., 41 cent.

25 — *Tête de femme*.

Signé à gauche.

Toile Haut., 22 cent , larg. 18 cent.

26 — *Tête de femme*.

Signé à gauche.

Toile. Haut., 22 cent.; larg., 18 cent.

27 *Tête de femme*.

Panneau. Haut.,22 cent ; larg., 18 cent.

28 — *Nature morte*.

Signé à droite.

Toile. Haut., 34 cent.; larg. 18 cent.

FORAIN (J.L)

29 — *Danseuse*.

Signé à gauche.

Panneau. Haut., 34 cent.; larg 26 cent..

GAUGUIN (Paul)

30 — *Paysage de Bretagne*.

Signé à droite.

Toile. Haut., 65 cent.; larg., 103 cent.

31 — *L'Abreuvoir*.

Signe à gauche.

Toile. Haut., 60 cent.: larg., 74 cent.

GOBILLARD (Paule)

32 — *Paysage du Midi*.

Signé à droite.

Toile. Haut., 37 cent.; larg., 45 cent.

GOGH (Vincent Van)

5 80   *33 — La balayeuse.*

> Panneau. Haut., 43 cent.; larg. 28 cent.

GRASS MICK

34 — Les Champs-Elysées, soir.

> Signé à gauche.
>
> Carton. Haut., 32 cent.; larg. 24 cent.

GUILLAUMIN (Armand)

3 10   *35 — Les meules Saint-Erroult.*

> Signé à gauche.
>
> Toile. Haut., 60 cent.; larg. 75 cent.

36 — Village de la Creuse.

> Signé a gauche.
>
> Toile. Haut. 38 cent.; larg. 54 cent.

GUILLOUX

37 — Clair de Lune (Sartrouville).

> Signé à gauche.
>
> Toile. Haut., 33 cent.: larg. 46 cent.

HARAN

38 — Marine à Dinard.

> Signé à gauche.
>
> Toile. Haut., 30 cent.; larg. 41 cent.

IBELS

39 — La Quête.

> Signé à gauche.
>
> Carton. Haut. 30 cent.; larg. 38 cent.

40 — Les Laveuses.

> Signé à droite.
>
> Panneau. Haut. 46 cent.; larg. 39 cent.

41 — Personnages de Cirque.
Signé à gauche.
Toile. Haut. 56 cent.; Larg. 38 cent.

JAUDIN

42 — Moutiers.
Signé à droite.
Toile. Haut. 65.; larg. 82 cent.

LACOSTE (CHARLES)

43 — Orthez.
Signé à gauche.
Carton. Haut. 35 cent.; larg. 55 cent.

44 — Orthez (les Pyrénées)
Signé à gauche.
Carton. Haut. 45 cent.; larg. 69 cent.

45 — Jardin en Hiver.
Signé à droite.
Carton. Haut. 63 cent.; larg. 53 cent.

46 — Nature morte, Pommes.
Signé à gauche.
Carton. Haut. 24 cent.; larg. 33 cent.

LEFÈVRE (CAMILLE)

47 — Marine, Falaises.
Signé à droite.
Toile. Haut. 46 cent.; larg. 62 cent.

LEMMEN (GEORGES)

48. — Neige, (Bruxelles)
Signé à droite
Carton. Haut., 45 cent. ; larg., 61 cent.

49. — *La Sieste*

Signé à gauche,
Carton. Haut., 30 cent. ; larg., 34 cent.

LOMONT

50. — *Tête de Femme*

Signé à gauche,
Panneau, Haut., 26 cent.; larg., 19 cent.

LUCE (MAXIMILIEN)

51. — *Passeur de Sable.*

Signé à droite.
Toile. Haut., 55 cent ; larg., 66 cent.

52. — *La Coulée.*

Signé à gauche.
Toile. Haut., 116 cent.; larg., 94 cent.

53 — *Plaine de Grésillon.*

Signe à droite.
Toile. Haut., 74 cent.; larg., 95 cent.

MALTESTE

54. — *La Baignade.*

Signé à droite.
Panneau. Haut., 45 cent.; larg., 38 cent.

MARVAL (Mᵉ)

55. *Nu de dos.*

Signé à droite.
Toile. Haut., 83 cent.; larg., 64 cent.

METZINGER (JEAN)

56. *Marine, Croisic.*

Signé à droite.
Panneau. Haut., 22 cent.; larg., 27 cent.

MINARZ

57. — *Sur Scène.*

Signé à gauche.

Toile. Haut., 59 cent.; larg., 85 cent.

58. — *Femme lisant le journal.*

Signé à gauche.

Toile. Haut., 47 cent.; larg., 55 cent.

MIRO (Gaspard)

59. — *Rue de Paris.*

Signé à droite.

Carton. Haut., 33 cent.; larg., 24 cent.

60. — *Luxembourg.*

Signé à droite.

Carton. Haut., 22 cent.; larg., 28 cent.

MONTICELLI

61. — *Bouquet de Fleurs.*

Signé à droite.

Panneau. Haut., 43 cent.; larg., 22 cent.

MORET (Henry)

62. — *Marine.*

Signé à gauche.

Toile. Haut., 65 cent.; larg., 94 cent.

ODOBESKO

63. — *Marine.*

Signé à gauche.

Toile. Haut., 34 cent.; larg. 42 cent.

PIET (F.)

64. — *Marché breton.*

Signé à droite.

Carton. Haut., 55 cent.; larg. 75 cent.

QUOST

65. — Nature morte, fleurs.

Signé à droite.

Toile. Haut., 46 cent.; larg. 39 cent.

RAFFAELLI

66. — Sur le banc.

Signé à droite.

Carton. Haut., 37 cent.; larg. 28 cen.

RAMFT (R.)

67. — Les Canotiers.

Signé à gauche.

Toile. Haut., 49 cent.; larg. 65 cent.

REGOYOS DARIO (de)

68. — Courses de Taureaux, Village.

Signé à gauche.

Toile. Haut. 35 cent.; larg. 27 cent.

69. — Village de Béjar.

Signé à gauche.

Panneau. Haut., 33 cent.; larg., 22 cent.

ROUSSEAU J. J.

70. — Pagode des Dames, Hanoï.

Signé à gauche.

Toile. Haut., 91 cent.; larg., 75 cent.

SURAND

71. — Tigre couché.

Signé à gauche,

Toile. Haut. 46 cent.; larg., 61 cent.

SIGNAC (PAUL)

72. — La Tartane.

Signé à droite.

Toile. Haut., 79 cent.; larg., 64 cent.

73 — *Écluses à Sannois.*
    Signé à droite.
        Toile. Haut., 47 cent.; larg. 57 cent.

400 74. — *Port de Marseille.*
    Signé à droite,
        Toile. Haut,, 46 cent.; larg., 56 cent.

VALADON (SUZANNE)

75. — *Étude de Tête,*
    Signée à droite.
        Toile. Haut., 42 cent.; larg., 33 cent.

VALLOTON (FÉLIX)

250 76. — *Intérieur.*
    Signé à droite.
        Carton. Haut., 46 cent., larg., 60 cent.

VIGNON

77. — *Paysage de Printemps.*
    Signé à droite.
        Toile. Haut., 39 cent.; larg. 56 cent.

VOGLER (PAUL)

230 78. — *Bord de Rivière.*
    Signé à gauche.
        Toile. Haut., 50 cent.; larg., 63 cent.

79. — *Printemps.*
    Signé à gauche.
        Toile, Haut., 73 cent.; larg., 93 cent.

VUILLARD (J. E.)

300 80. — *Jardin.*
    Signé à gauche.
        Carton. Haut. 31 cent. ; larg. 53 cent.

81. — Intérieur.
Signé à gauche.
Carton. Haut., 35 cent.; larg., 37 cent.

ZURICKER (BERTHA)

82. Nature morte, fleurs.
Signé à gauche.
Toile. Haut., 43 cent.; larg., 58 cent.

83. — Nature morte, fleurs.
Signé à gauche.
Toile. Haut., 60 cent.; larg. 48 cent.

AQUARELLES, PASTELS

DESSINS

BAUDIN

84 — Nature morte, Fruits.
Pastel.

CICÉRI

85 — Paysage.
Aquarelle.

DONGEN KEES (VAN)

86 — Etude de Tête
Aquarelle.

87 — Femme accroupie
Aquarelle.

88 — ? . . .
Aquarelle.

89 — Soir de neige, Hollande.
Pastel.

90 — La toilette.
Aquarelle.

91 — Femme s'habillant.
Aquarelle.

92 — Étude de nu.
Aquarelle.

93 — Sortie de bal.
Aquarelle.

94 — Retour de labour.
Aquarelle.

95 — Étude animaux.
Aquarelle.

96 — Le broc bleu.
Aquarelle.

97 — Femme s'habillant.
Aquarelle.

98 — Le domino.
Aquarelle.

99 — Baigneuse.
Pastel. Haut. 34 cent.; larg. 42 cent.

FORAIN (J.-L.)

100 — Femme au café.
Signé à droite.
Pastel. Haut. 44 cent. ; larg. 35 cent.

GUYS (CONSTANTIN)

101 — Toilette de ville.
Dessin au lavis.

102 — Scène d'Intérieur.
Dessin au lavis.

103 — La Promenade.
Dessin au lavis.

104 — Terrasse de café.
Dessin au lavis.

105 — Le carosse.
Dessin au lavis.

106 — Femmes au repos.
Dessin au lavis.

107 — Intérieur.
Dessin au lavis.

150 108 — *Intérieur.*
Dessin au lavis.

115 109 — *Le landau.*
Dessin au lavis.

110. — *Les Lanciers.*
Dessin au lavis.

160 111. — *La Danse.*
Dessin au lavis

112. — *Départ pour la Revue.*
Dessin au lavis.

113. — *La Soirée.*
Dessin au lavis.

HAYMON (PAUL)

114 — *Le Clown.*
Aquarelle.

HUARD (CHARLES)

115 — *Les Vieilles Demoiselles.*
Dessin.

IBELS

116 — *La Parade.*
Pastel.

JAUDIN

117 — *Moutiers.*
Dessin.

LAUTREC (TOULOUSE DE)

185 118 — *Tête de Femme.*
Mine de plomb.

LUCE (MAXIMILIEN)

119 — *L'Effort.*
Dessin.

120 — *Homme tirant.*
Dessin.

121 — *Le Bain de pied.*
Dessin.

122 — *Couverture de Livre.*
Dessin.

123 — *La Brouette.*
Dessin.

124 — *Le Levier.*
Dessin.

125 — *Etude d'Enfant.*
Dessin.

126 — *Etude de Mouvement.*
Dessin.

127 — *La Gravure.*
Dessin.

128 — *Etude diverses.*
Dessin.

MAILLOL (ARISTIDE)

129 — *Etude de femme.*
Dessin.

130 — *Etude de Baigneuse.*
Dessin.

131 — *Femme couchée.*
Sanguine.

132 — *Composition.*
Sanguine.

MANET

133 — *Etude pour Jeanne.*
Dessin.

MESPLÉS

134 — *Danseuse.*
Pastel.

PICASSO

135 — Femme accroupie.
Aquarelle.

RANSON

136 — Paysage.
Pastel.

137 — Paysage.
Pastel.

RENOIR

4.000   *138 — Les Baigneuses.*
Signé à droite.
Sanguine. Haut., 74 cent.; larg. 96 cent.

500   *139 — Jeune fille, au chapeau.*
Signé à gauche.
Pastel. Haut., 29 cent. ; larg. 26 cent.

ROUSSEL (XAVIER)

140 — St-Tropez.
Pastel.

270   *141 — L'Etang la Ville.*
Pastel.

STEINLEN

142 — Boulevard extérieur.
Dessin.

143 — Boulevard extérieur.
Dessin.

VALADON (SUZANNE)

144 — Etude de Nu.
Dessin.

WILLETTE (A.)

145 — Scène de Ménage.
Dessin.

LITHOGRAPHIES
EAUX-FORTES

BEJOT

146 — *La Tamise, Londres.*
Eau-forte.

147 — *Quai à Paris.*
Eau-forte.

148 — *Quai à Paris.*
Eau-forte.

HUARD (CHARLES)

149 — *Village Normand.*
Eau-forte.

150 — *Rue à Granville.*
Eau-forte.

ROPS (FÉLICIEN)

151 — *Parlez-nous de lui.*
Lithographie.

SCULPTURES

RODIN

152 — *La Vendange.*
Terre cuite.

153 — *St-Jean prêchant.*
Bronze.